Sancta Susanna

August Stramm

Ein Gesang der Mainacht

Personen.

Susanna.

Klementia.

Eine Magd.

Ein Knecht.

Chor der Nonnen.

Eine Spinne.

Nachtigallen Mondschein Wind und Blüten.

Klosterkirche.

Zitternde Mondscheinstreifen; in der Tiefe von dem Hochaltare das e w i g e   L i c h t, in der Mauernische vorne links vor dem überlebensgroßen Bilde des Gekreuzigten eine brennende m a s s i g e Kerze.

Susanna liegt vor dem blumengeschmückten Altar der Himmelskönigin, der in der Nische rechtwinklig neben dem Kruzifixaltar steht, im Gebet, die Stirn auf die unterste Stufe gelegt, die Arme über die oberen Stufen gebreitet.

KLEMENTIA *einige Schritte hinter ihr.* ... Sancta Susanna! ... *Sie legt die Hand auf Susannens Schulter.*

SUSANNA *richtet sich auf.*

KLEMENTIA. Die Nacht ist angebrochen! ...

SUSANNA *geistesfern.* ... Es klingt ... ein Ton ...

KEMENTIA. Die Orgel tönet nach! ...

SUSANNA. ... Mir ist ... als klängen ... bodenlose Tiefen ... himmellose Höhen ...

KLEMENTIA. ... Ihr kommt daher ... Ihr wart bei Gott!

SUSANNA *in Sinnen*. ... Ich ... war ...

KLEMENTIA. ... Ihr seid krank ... Ihr betet ... Ihr lebt kaum mehr auf dieser Erde ... Ihr habt auch einen Leib!

SUSANNA *erhebt sich, starrt sie schreckhaft an.*

KLEMENTIA *legt den Arm um sie.* ... Kommt!

Die Turmuhr schlägt hell einmal; der Nachtwind rüttelt die Fenster, die Zweige rauschen.

KLEMENTIA *in sich.* Ave Maria! ...

SUSANNA *fährt auf.* ... Wer spricht?! ...

KLEMENTIA. Der Nachtwind wirft die Blüten gegen die Fenster ...

SUSANNA. ... Es rief etwas ...

KLEMENTIA. Die Turmuhr schlug ... ich sprach das Ave ...

Ein Fenster schlägt, der Nachtwind bricht ein in singend verklingendem Ton; Blätter und Zweige rauschen und raunen herab zu flüsterndem Säuseln.

Susanna wendet sich mit Händen, die nach abwärts vom Körper gestreckt sind, zum dunklen Chor, lautlos, starr.

KLEMENTIA. Eine Scheibe schlug auf! ... ich werde sie schließen!

SUSANNA. Laß sie ...

Sie atmet schwer.

KLEMENTIA. Der große Fliederstrauch, riechst du die Blüten? *Sie atmet ein.* ... sie duften bis her! er blüht in weißen und roten Dolden ... oh ... solche Dolden ...! ich werde ihn wegreißen lassen ... morgen ... wenn er dich stört!

SUSANNA. ... Er stört nicht ... er blüht! ...

KLEMENTIA. ... Der Wiesenrain unter den Blüten! ich werde den Weg verbieten ...

SUSANNA *horcht.* ... Sie ... ist ... nicht ... allein ...!

KLEMENTIA *bekreuzigt sich.*

SUSANNA *atmet schwer, setzt zum Kreuze an, doch die Bewegung erstarrt.* ... Ob ... sie ... wohl ... kommen ... würde?! ...

KLEMENTIA. Wer?! ...

SUSANNA. ...

KLEMENTIA *faltet erschrocken die Hände.*

SUSANNA *schwer die Hand auf dem Betstuhl.* ... Ich ... will ... ihr ... ins ... Gewissen reden ...

KLEMENTIA *faltet die Hände, senkt das Haupt und geht. Eine Fangtür klappt leise.*

SUSANNA. ... Der ...

Der Schreckensschrei eines Weibes verhallt; die Zweige rauschen.

SUSANNA *zuckt zusammen.* ... Flieder ... blüht! ...

Die Fangtür klappt leise mit wehendem Nachschwingen; leise schlürfende Schritte nähern

sich.

MAGD *hinter Klementia, zitternd in scheuem Umherblicken, die Hände gefaltet.*

SUSANNA. ... Ave Maria! ..

.

MAGD *sinkt in die Knie, tief zu Boden gebeugt.*

SUSANNA. ... Kind! ...

MAGD *hebt hilflos den Kopf und starrt sie an.* ... Ik ... k weeß nich! *Sie bricht in erschrecktes Weinen aus und rutscht mit gefalteten Händen gegen den Mittelpfeiler hin, sich dahinter zu verstecken.*

SUSANNA. ... Ich will dir nichts Böses! ... du ... warst ... unter ... dem ... Flieder?! ...

MAGD *ist ganz still geworden, starrt Susanna an.* ... Ik ... ik ... jar niks ...! ... hei ... hei ... wull ... *Sie senkt den Kopf tief.*

SUSANNA *schwer.* ... Der ...?! ...

MAGD *hebt den Kopf und starrt sie an, lacht dann hell auf.* ... Min Willem ... heilige ... *Sie hält erschrocken inne, scheu geduckt; das Lachen und die Worte hallen aus dem Gewölbe wider ... zweimal ... dreimal ... durcheinander ... in verschwindendem geisterhaften Echo.*

Susanna schaut sie unbeweglich an; dann überfällt sie ein plötzliches silberhelles Lachen, das ihre ganze Gestalt in Leben überläuft; in Silberglöckchen klingt das Lachen aus den

Gewölben wider und zerrinnt in zitternden Schwingen.

SUSANNA *geht zur Magd, legt die Hand auf ihre Schulter, hebt ihr den Kopf und schaut ihr ins Gesicht.* ... Steh auf! ...

MAGD *steht auf mit gefalteten Händen.*

SUSANNA. Hast du ihn lieb?

MAGD *krampft die Finger ineinander, scheu, leise lachend, verschämt.* ... O ... hilge Mudder ... oh ...

SUSANNA. ... Ich ... möcht ... ihn ... sehn ...

Klementia hebt die Hand.

Magd starrt auf Klementia und schauert zusammen. Ein lautes Pochen an der Tür im Chor ... dreimal ... und eine rufende Stimme. Alle schrecken zusammen.

Klementia läßt den Arm fallen.

MAGD *in befreiendem, verhaltenem Jubel.* Dät is er!

Klementia geht in den Chor; ein Schlüssel schließt schwer; eine Tür geht knarrend und fällt dumpf ins Schloß, eine verhaltene Männerstimme spricht zürnend.

Schwere Schritte bemühen sich vergeblich zu dämpfen.

EIN KNECHT *jung, stämmig, die Mütze in der Hand drehend, im Mittelweg zwischen den Pfeilern, die Augen scheu zu Boden gesenkt, mit scheuem Trotz. ... Ik wull min Mächen holen!*

Klementia taucht hinter ihm aus dem Dunkel.

Susanna starrt ihn an, wendet sich dann jählings um und geht zum Altar.

Tiefe Stille, das Mädchen schleicht sich zum Knecht; der legt den Arm um sie; mit scheu dröhnenden Schritten gehen die beiden gefolgt von Klementia ab. Der Schlüssel schließt, die Tür geht knarrend, ein Windstoß fährt polternd zwischen die Betstühle, dröhnend fällt die Tür ins Schloß, der Schlüssel schreit. Die Kerze vor dem Kruzifix verlischt aufflackernd und zitternd.

Susanna starrt aufschreckend in das Dunkel, aus dem jetzt zwischen den Betstühlen das weiße Antlitz Klementias näher schwebt.

SUSANNA *schreit auf. ... Satanas! ... Satanas! ...*

Klementia bleibt einen Augenblick gelähmt stehen, eilt dann gejagt nach vorne und steht mit krampfhaft verschlungenen Händen vor Susanna.

KLEMENTIA. Susanna!!!

SUSANNA *legt die Hand auf Klementias Schulter und beugt erschöpft das Haupt.*

KLEMENTIA *erschüttert.* ... Schwester Susanna!! ... Schwester!! ... Ihr müßt ruhn ... *Will sie fortführen.*

SUSANNA *setzt sich auf die Stufen des Altars.* ... Zünd die Kerze an! ...

KLEMENTIA. ...

SUSANNA. Zünde sie an ...

KLEMENTIA *nimmt einen Wachsstock aus der Nische und geht in den Chor; sie kehrt um in verwirrter Hast, die Augen hinter sich.*

SUSANNA. Was ist ...?! ...

KLEMENTIA *in hauchender Angst. ... Ich ... kann ... nicht! ... Sie drängt ganz dicht zu Susanna hin.*

SUSANNA *erhebt sich und schaut in das Dunkel.*

KLEMENTIA *hockt auf die Stufen nieder.* ... Ich weiß ... nicht ... es weht ... es geht ...

SUSANNA. Der Nachtwind ...

KLEMENTIA. Es summt ... es klopft ...

SUSANNA. Die Orgel ... die Blüten ...

Sie nimmt ihr den Wachsstock aus der Hand.

KLEMENTIA. Sancta Susanna ...

Kauert in sich zusammen und schlägt die Hände krampfhaft vors Gesicht.

Susanna geht langsam zwischen den Betstühlen nach vorne, wo sie gänzlich im Dunkel verschwindet; das ewige Licht verlischt hinter ihrer Gestalt. Aus dem Dunkel nähert sich langsam ein Licht in gleicher Höhe, das Licht des Wachsstocks, den Susanna vor sich herträgt.

SUSANNA *zündet die Kerze an.*

KLEMENTIA *stützt den Kopf auf die Hand.* ... Es war eine Nacht ... es war eine Nacht ... wie diese ... dreißig ... vierzig Jahre ... sind es ... es war eine Nacht wie diese ... *Steht starr auf, blickt in die Leere und hebt die Hand beschwörend.*

SUSANNA *wendet sich um und starrt auf Klementia, unter deren Bann.*

KLEMENTIA. Der Nachtwind sang ...

SUSANNA. Der ... Nachtwind ... sang ...?

KLEMENTIA. Die ... Blüten ... schlugen ...

SUSANNA. Die ... Blüten ... schlugen ...?

KLEMENTIA. Und ich war jung ...

SUSANNA. Jung ...?

KLEMENTIA. Dem Herrn geweiht ...

SUSANNA *läßt den Kopf auf die Brust sinken.*

KLEMENTIA. Hier lag ich auf den Knien so wie ... du ...

Eine Nachtigall schlägt laut.

KLEMENTIA *schreit heiser auf. ... Beata! ... Sie verhüllt entsetzt mit den Armen ihr Gesicht und läßt die Arme wieder fallen.*

SUSANNA *hebt den Kopf, starrt sie an, mit großen schreckhaften Augen.*

KLEMENTIA *die Worte gepreßt, ins Leere starrend. ... Bleich ... ohne* Brustschleier und Stirnband ... ... nackt ... so kam sie ...

Eine Nachtigall lockt ferne.

KLEMENTIA. Daher ... *Zeigt mit starrem Arm nach rechts.* ... sie schritt die Stufen empor ... und sah mich nicht ... sie stieg auf den Altar ... und sah mich nicht ... *In heißer Hast.* ... sie preßte ihren nackten sündigen Leib gegen das gekreuzigte Heilandsbild ... und sah mich nicht ... sie umschlang ihn mit ihren weißglühenden Armen ... und küßte sein Haupt ... und küßte ... küßte ...

Die beiden Nachtigallen jubeln nah und fern laut und anhaltend.

KLEMENTIA *aufschreiend.* ... Beata ... ich rief ... ich rief nur ...! *Ermattet.* ... da fiel sie herunter ... sie fiel ...

Die Nachtigallen verstummen plötzlich.

KLEMENTIA. Wir trugen sie fort ... *Mit Grauen den Oberkörper halb zum Bilde des Gekreuzigten gewendet und die Hände abwehrend von sich gestreckt.* ... seitdem brennt die Kerze ... ewig ... die Kerze zur Sühne ... seitdem gürtet der Schal die Lenden ... die Lenden ... dort ... *Zeigt ins Dunkel hinter das Kruzifix.* ... dort haben sie ... sie ... eingemauert ... Fleisch und Blut ... in Mauer und Stein ... *Heiser.* ... hörst du sie?! ... hörst du ...?! ich hab ... sie gehört ... lange ... immer ...

vorhin ... *Zeigt in das Dunkel zum Hochaltar.* ... dort ... eben *Schlägt die Hände vors Gesicht.* ... allmächtiger Vater im Himmel! ... die Kerze ist erloschen!

SUSANNA *starr.* Ich hab sie wieder entzündet! ... *Sie stützt ihre Hand auf den Altar.*

Klementia läßt die Hände langsam sinken und starrt sie an. Eine faustgroße Spinne kriecht aus dem Dunkel hinter dem Altar hervor.

KLEMENTIA *sinkt entsetzt in die Knie, auf das Insekt weisend.* ... Die ... Spinne! ...

Susanna wendet den Kopf zur Spinne und bleibt in lähmendem Zittern gebannt stehen. Die Spinne läuft über den Altar und verschwindet an der andern Seite hinter dem Kruzifix.

SUSANNA *wendet sich nach einer Weile Klementia zu, nimmt bebend und zusammenschauernd in mechanischer Bewegung die Hand vom Altar ... die Hände vom Körper ab zu Boden gestreckt ... erstarrend. ...* Hörst du sie ...?!

KLEMENTIA *entsetzt.* ... Hörst ... du ...

SUSANNA. ... Hörst ... du ...

KLEMENTIA. ...

SUSANNA. ... Die Stimme ...

KLEMENTIA. ... Ich ... höre ... nichts ...

SUSANNA. ...

KLEMENTIA *macht eine Bewegung zum Aufschrei, bleibt aber heiser vor Entsetzen.* ... Ich höre ... nichts!

SUSANNA *geisterhaft nachsprechend.* ... Bekenne ... bekenne ... *Sie steht mit dem Rücken gegen das Kreuz gewendet.*

SUSANNA. ... Sagt ... er ... was?! ...

KLEMENTIA *in höchstem Entsetzen.* ...?!

SUSANNA *macht eine Kopfbewegung nach dem Kreuze hin.*

KLEMENTIA *faltet die Hände, stotternd.* ... Ave ... Maria ...

SUSANNA. Sagt er nichts ...?! ...

KLEMENTIA ... *schüttelt in stummem Entsetzen den Kopf.*

Susanna löscht mit der Hand den Wachsstock aus, der noch immer in ihrer Hand brennt und legt ihn auf den Altar, alle Bewegungen mechanisch ausführend; dann steigt sie vom Altar herunter ... Schritt für Schritt ... lautlos ... bleibt dicht vor Klementia stehen.

SUSANNA *lacht kurz silberhell glücklich auf ... ein zartes vielstimmiges Echo mischt sich mit dem verhallenden Singen des Windes und dem Raunen der Zweige ... reißt sich Brustschleier, Kopftuch und Binde ab; ihr langes Haar fällt über die nackten Schultern.* Schwester Klementia ... ich bin schön ...! ...

Der Wind stößt stark, die Zweige rauschen gewaltig und die Nachtigallen schlagen hell zusammen.
Klementia sinkt, die gefalteten Hände hoch erhoben, in die Knie.

SUSANNA. Schwester Klementia ... ich bin schön ...

KLEMENTIA. Sancta Susanna ...

SUSANNA. Schwester Klementia ... ich bin ...

KLEMENTIA *erhebt sich starr und steif, mit jedem Worte fester werdend.* Keuschheit ... Armut ... Gehorsam ...

Susanna verstummt sie anstarrend, die Hand schwer auf dem Betstuhl.

Klementia geht fest an ihr vorbei in das Dunkel; das Fenster klappt heftig zu, der jubelnde Gesang der Nachtigallen, das Rauschen der Bäume und das Singen des Windes erstirbt jäh.

Klementia kehrt zurück.

SUSANNA *springt auf und faßt sie an.* Das Fenster auf! ... das Fenster ...

KLEMENTIA *hebt ihr das große Kreuz des Rosenkranzes entgegen.*

SUSANNA *taumelt, das Kreuz anstarrend, Schritt für Schritt zurück bis zum Altar.* ... Ich ... ich sehe den ... leuchtenden Leib ...! ... ich seh ... ihn herniedersteigen ... ich ... fühle die Arme breiten ...

KLEMENTIA *hält das Kreuz hoch.* ... Keuschheit ... Armut ... Gehorsam *... Jedes Wort hallt klar aus den Wölbungen wider, zuletzt alle drei ineinander verschwimmend und verhallend.*

SUSANNA *schreit auf und starrt umher.* Wer spricht da?! ...

KLEMENTIA. Ich!

SUSANNA. Ich ... ich ... ich ... sprach d a s   n i e ! ! ...

KLEMENTIA *hält ihr das Kreuz entgegen.*

SUSANNA *reißt das Lendentuch von dem großen Kruzifix in einem Riß herunter.* So helfe mir m e i n Heiland gegen den e u r e n ...! *Sie sinkt in die Knie und schaut zu ihm auf.*

Die Spinne fällt hinter dem Kreuzesarm herunter ihr in das Haar.

Susanna schreit gellend auf und schlägt mit der Stirn auf den Altar.

Die Spinne kriecht über den Altar und verschwindet dahinter.

Die Horenglocke läutet grell durch die Gewölbe, dazwischen schallt dumpf der Glockenschlag der zwölften Stunde.

Susanna stört auf, fährt mit den Händen wild und wirr durchs Haar und kriecht auf allen vieren die Stufen des Altars herunter in Entsetzen vor sich selber fliehend. Mit dem letzten Stundenschlag verstummt die Horenglocke.

KLEMENTIA *läßt das Kreuz sinken.* Ave Maria! ... ein neuer Tag! ...

Susanna hockt stieren Blicks auf der untersten Altarstufe.

Leise Schritte schlürfen und Gebete murmeln.

Der Zug der Nonnen tritt ein.

VORBETERIN. Kyrie eleison ...

CHOR. Kyrie eleison ...

VORBETERIN. Regina coeli sancta ...

CHOR. Ora pro nobis ...

VORBETERIN. Virgo virginum sancta ...

CHOR. Ora pro nobis ...

Das Mondlicht, das bisher in hellen Streifen durch, die Fenster fiel und bläuliche Lichter auf die Betstühle warf, verlischt; es wird ganz dunkel. Die Nonnen kommen vor bis zum Weihwasserbecken, stocken, als sie auf Klementia stoßen, die unbeweglich im Mittelgang zwischen den Pfeilern steht und auf Susanna schaut. Das Gebet verstummt; die Nonnen sammeln sich in stummer

Bewegung in weitem Halbkreis um Susanna; endlich stehen alle still unbeweglich in stummer Scheu.

ALTE NONNE *tritt lautlos einen Schritt vor.* ... Sancta ... Susanna! ...

Susanna stört pfeilgerade in die Höhe.

ALTE NONNE *senkt das Haupt.* Sancta Susanna ...!

SUSANNA. Hinter dem Hofe liegen Steine ...

ALTE NONNE *schaut auf.*

SUSANNA *fest.* Ihr sollt mir die Mauer richten! ...

Alte Nonne sinkt langsam die Arme breitend in die Knie.

Chor folgt ihr.

Klementia steht starr auf Susanna schauend.

SUSANNA *plötzlich stark.* Nein! ...

Alte Nonne springt auf.

Chor folgt ihr.

Alte Nonne hebt das Kreuz ihres Rosenkranzes über ihr Haupt.

Chor folgt ihr.

ALTE NONNE. Beichte! ...

SUSANNA. ...

Klementia hebt das Kreuz.

KLEMENTIA UND ALTE NONNE *hart dringlich.* Beichte!!!

SUSANNA. Nein!!! ...

KLEMENTIA, ALTE NONNE UND CHOR *gellend.* Beichte!!!

Das Wort hallt aus den Gewölben dreimal wider, die Kirchenfenster zittern, der Sturm heult draußen auf.

SUSANNA. Nein!!!

Das Echo des Wortes wird von dem vorigen verschlungen.

ALTE NONNE *in Ekstase.* Satana!!!

ALTE NONNE UND KLEMENTIA. Satana!!!

ALTE NONNE, KLEMENTIA UND CHOR. Satana!!! ... *Gellendes, verworrenes Echo.*

Susanna steht hoch aufgerichtet, in unberührter Hoheit. Alle stehen still und unbeweglich.